Un agradecimiento especial a James Noble

*A Thomas Robert Maurice-Williams,
también conocido como Tom-Tom.*

DESTINO INFANTIL Y JUVENIL, 2013
infoinfantilyjuvenil@planeta.es
www.planetadelibrosinfantilyjuvenil.com
www.planetadelibros.com
Editado por Editorial Planeta, S. A.

© de la traducción: Macarena Salas, 2012

Título original: *Rashouk. The Cave Troll*
© del texto: Working Partners Limited 2009
© de la ilustración de cubierta e ilustraciones interiores:
Steve Sims - Orchard Books 2009
© Editorial Planeta, S. A., 2013
Avda. Diagonal, 662-664, 08034 Barcelona
Primera edición: febrero de 2013
ISBN: 978-84-08-03806-1
Depósito legal: B. 80-2013
Impreso por Liberdúplex
Impreso en España – Printed in Spain

El papel utilizado para la impresión de este libro es cien por cien libre de
cloro y está calificado como **papel ecológico**.

RASHOUK
EL GNOMO DE LA CUEVA

ADAM BLADE

Avantia

VOL STONE

PALACIO DEL REY HUGO

LA CIUDAD

EL VALLE FRONDOSO

ERRIN

EL RÍO SINUOSO

EL VALLE DE

La Tierra Prohibida

EL VALLE DE LA MUERTE

LA JUNGLA DE LA MUERTE

EL BOSQUE OSCURO

...ERTE

LOS PICOS DE LA MUERTE

¡*S*alve, seguidores y compañeros en la Búsqueda!

Todavía no nos conocemos, pero al igual que tú, he estado siguiendo de cerca las aventuras de Tom. ¿Sabes quién soy? ¿Has oído hablar de Taladón el Rápido, Maestro de las Fieras? He regresado justo a tiempo para que mi hijo, Tom, me salve de un destino peor que la muerte. El perverso brujo Malvel me ha robado algo muy valioso, y sólo podré regresar a la vida si Tom consigue completar una nueva Búsqueda. Mientras tanto debo esperar entre dos mundos: el humano y el fantasma. Soy la mitad del hombre que era y sólo mi hijo puede devolverme a mi antigua gloria.

¿Tendrá Tom el valor necesario para ayudar a su padre? Esta nueva Búsqueda es un reto incluso para el héroe más valiente. Además, para que mi hijo venza a las seis nuevas Fieras, puede que tenga que pagar un precio muy alto.

Lo único que puedo hacer es esperar a que Tom triunfe y me permita recuperar todas mis fuerzas algún día. ¿Quieres ayudar con tu energía y desearle suerte a Tom? Sé que puedo contar con mi hijo, ¿y contigo? No podemos perder ni un instante. Esta misión tiene que seguir adelante y hay mucho en juego.

Todos debemos ser valientes.
Taladón

PRÓLOGO

La atmósfera de la cueva estaba cargada y sin aire. Un poco más adelante, una pared de piedra bloqueaba el camino. Fren le dio un golpecito a su primo Bly en el hombro.

—Es un túnel sin fondo —dijo—. Deberíamos irnos.

—Tenemos que encontrar carbón —contestó Bly—. Pronto llegará el invierno y no quiero que mi familia pase frío. —Sujetó en alto la pequeña antorcha encendida mientras daba golpes en las paredes con su piqueta—. La pared está hueca —sonrió—. Podemos hacer un agujero y abrirnos paso.

—Si hiciéramos eso, entraríamos en la Tierra Prohibida —dijo Fren asustado.

Bly resopló.

—¡No me creo esas viejas historias de la Tierra Prohibida! —Metió la antorcha por una grieta de la pared de la cueva—. Además, a lo mejor en el otro lado hay carbón.

Bly hizo un agujero en la pared y Fren lo ayudó a pesar de sus temores. Él y Bly gruñían mientras los golpes de sus piquetas resonaban en las paredes de la cueva y hacían saltar las rocas.

En poco tiempo consiguieron pasar al otro lado.

Fren cogió la antorcha de su primo e iluminó la nueva zona.

—¡Aquí no hay carbón! —gruñó.

Bly abrió la boca para contestar, pero su voz se ahogó por el sonido de un horrible ruido sordo que hizo que el suelo temblara bajo sus pies.

—¡Tenemos que salir de aquí! —gritó Fren mientras el ruido se hacía más fuerte. Ahora tenía un ritmo que les resultaba familiar.

Pisadas.

De entre las sombras salió la criatura más horrible que hubiera visto Fren. La Fiera era algo más pequeña que un hombre, pero cinco veces más ancha. Sus hombros rozaban las paredes de la cueva.

Fren reconoció a la criatura. Era una de las que hablaban las viejas historias y que él siempre había pensado que eran fantasías.

—¡Un gnomo! —gritó retrocediendo mientras la Fiera avanzaba hacia ellos mostrando sus dientes amarillos. Las manos del gnomo eran tan grandes como una pica y los dedos de su mano derecha tenían uñas amarillentas y afiladas—. ¡Corre! —le gritó a Bly.

Pero su primo no se movió.

—¡Esta miserable Fiera no impedirá que encuentre carbón! —gritó levantando su piqueta.

El gnomo se abalanzó hacia Bly, dejando unos cráteres profundos en el suelo con sus pies con cada paso que daba. Bajo la luz de la antorcha, Fren vio las enormes orejas colgantes de la

Fiera y sus ojos hundidos a ambos lados de la cara, separados por una ancha nariz que parecía temblar mientras olfateaba el aire.

El chico rugió y se lanzó hacia la horrible criatura.

La Fiera lo recibió con la cabeza por delante, bajó su brazo derecho y arañó a Bly con sus afiladas uñas.

Fren gritó para avisarlo, pero Bly no hizo ningún ruido, se quedó completamente inmóvil. Fren pegó un aullido de miedo y desesperación al ver como la piel de su primo se oscurecía, adquiriendo el color de la pizarra, y su cuerpo se endurecía. ¡Bly se había convertido en piedra!

Con un sollozo, Fren salió corriendo hacia la boca de la cueva. Detrás de él oía las pisadas y los ansiosos jadeos que le indicaban que el gnomo estaba muy cerca.

Oyó un *fuuuuuuuus* por detrás cuando la Fiera lo atacó con sus garras.

Fren no notó dolor cuando su cuerpo se quedó inmóvil. Sólo sintió frío, y después, todo se volvió oscuro.

CAPÍTULO UNO

SALIDA DE LA JUNGLA DE LA MUERTE

—¡Ya casi hemos llegado! —dijo Tom mientras blandía su espada y cortaba la maleza salvaje que les bloqueaba el camino de salida de la Jungla de la Muerte hacia la Tierra Prohibida.

—Genial —dijo Elena al tiempo que llevaba el caballo de Tom, *Tormenta*, por la hierba aplastada—. Pensé que nunca conseguiríamos salir.

Tormenta relinchó contento. Detrás de

él iba *Plata*, el lobo de Elena, que ladraba y corría en círculos.

Tom se rió y envainó su espada.

—¡Creo que están contentos de poder volver a estirar las patas!

—Aunque en realidad, este sitio no es que sea muy bonito precisamente —dijo Elena mirando hacia la pradera de hierba muerta que se extendía hasta donde se perdía la vista—. Nunca me habría

imaginado que en Avantia pudiera existir un lugar tan muerto y deprimente.

—Yo tampoco —dijo Tom pensando en lo bonito que era el resto del reino y cómo el Brujo Oscuro, Malvel, estaba intentando acabar con él una vez más. Por culpa de Malvel, Tom había tenido que comenzar esta nueva Búsqueda.

El Brujo Oscuro había convertido al padre de Tom, Taladón, en un fantasma

y, ahora, el chico debía encontrar los seis trozos del Amuleto de Avantia para que su padre volviera a ser de carne y hueso. Malvel había esparcido los trozos rotos del amuleto por la Tierra Prohibida, donde los protegían seis Fieras Fantasma, unas criaturas espeluznantes que podían pasar de estado sólido a fantasma en un instante.

Tom ya había vencido a dos de ellas y había recuperado dos trozos del amuleto. Había dado su palabra de que también vencería a las otras cuatro, aunque eso supusiera quedarse sin los poderes mágicos que tenía.

En una Búsqueda de Fieras anterior, consiguió recuperar las seis piezas de la armadura dorada de Avantia. Cada pieza le daba un poder especial, aunque Tom no llevara la armadura puesta.

Pero la armadura no era suya. Le pertenecía a su padre. Y ahora, cada vez que el chico recuperaba un trozo del amuleto, uno de los poderes mágicos de la armadura volvía a Taladón.

Tom frunció el ceño mientras una sensación de inquietud se apoderaba de él. Ya había perdido los poderes que le daban los escarpines y los guanteletes dorados. Parecía que estaba perdiendo sus poderes en el orden contrario al que los había conseguido. Por lo tanto, si lograba vencer a la siguiente Fiera Fantasma, *Rashouk*, el gnomo de la cueva, seguramente perdería el poder que le daba la pernera dorada y ya no podría correr a toda velocidad.

—¿Por dónde vamos? —preguntó Elena sacando a Tom de sus pensamientos.

—¡Mapa! —ordenó alargando la mano hacia adelante.

El aire brilló mientras un mapa fantasma apareció delante de él. Era un regalo que le había dado Aduro, el brujo bueno, para ayudarlos a moverse por la Tierra Prohibida.

Elena se acercó a estudiar el mapa.

—Mira —dijo, señalando unas montañas hacia el este llamadas los Picos de la Muerte—. ¿No dijo tu padre que *Rashouk* vivía allí?

Su amigo asintió. Se preguntó cómo lucharía con *Rashouk* ahora que había perdido dos de sus poderes.

—¿Estás bien? —preguntó la muchacha mientras el mapa fantasma desaparecía—. Pareces preocupado.

—Estoy bien —insistió Tom.

Elena se subió ágilmente a la montura de *Tormenta*. Delante del caballo, *Plata* arañaba el suelo impacientemente. El inteligente lobo sabía que pronto saldrían galopando a toda velocidad por el campo.

—¿Quieres llevar las riendas? —preguntó la amiga de Tom.

Éste movió la cabeza.

—Llévalas tú. Yo iré corriendo —dijo—. Quiero usar el poder que me da la pernera de la armadura mientras todavía lo tenga.

Elena chasqueó la lengua y *Tormenta* salió al galope, con *Plata* yendo a toda velocidad a su lado.

Tom tomó aire con fuerza y corrió detrás de sus amigos. Gracias a la magia que poseía, los alcanzó muy rápido. Iba a echar mucho de menos este poder. Le encantaba mirar sus propios pies y apenas verlos de lo rápido que se movían.

—Creo que *Tormenta* se está cansando —dijo Elena después de haber recorrido una buena distancia.

—Vamos a dejarlo descansar —asintió su amigo bajando la marcha.

Se detuvieron en una densa arboleda. Las ramas de los árboles eran negras como el carbón y no tenían hojas. El silencio

los rodeaba. Mientras la muchacha desmontaba, *Tormenta* bajó la cabeza para
olfatear la hierba. Le temblaron los olla-
res y retiró la cabeza inmediatamente.
La hierba estaba cubierta de moho.

—Lo siento, muchacho —dijo Tom
mientras su caballo resoplaba con
asco—. En este lugar no hay nada que
puedas comer.

Tormenta le dio un golpe con el hocico

en el cuello. Elena se agachó para acariciar el pelaje de *Plata*, alborotándolo un poco más de lo normal.

Miró a su alrededor.

—¿Es que hay algo que pueda vivir en un lugar así?

Como si fuera una respuesta a su pregunta, unas pisadas como truenos interrumpieron el silencio. *Tormenta* retrocedió y Tom tuvo que sujetar sus riendas para que el caballo no saliera huyendo.

Elena se puso de pie y corrió al lado de su amigo.

—¡Seguro que es *Rashouk*!

CAPÍTULO DOS

UN MOMENTO DE DUDA

—Si es él —dijo Tom—, para ser un gnomo se ha alejado mucho de su cueva.

Las pisadas aumentaron de potencia, y al mirar hacia adelante, el chico vio una criatura inmensa que salía de entre los árboles e iba directa hacia ellos. Tenía el pelo marrón y desgreñado, y un hocico alargado lleno de dientes amarillos y torcidos.

—¡Un oso! —exclamó Elena. *Plata* ladró furiosamente enseñando los colmillos.

Tom sujetó las riendas de *Tormenta* con fuerza mientras el caballo intentaba huir. A medida que el gigantesco animal se acercaba, pudo ver que las costillas se le marcaban en su fino pelaje mate y le salían chorros de saliva por la boca. El oso estaba muerto de hambre y él y sus amigos eran sus presas.

Le pasó las riendas de *Tormenta* a Elena,

desenvainó su espada y se preparó para la batalla. No podía dejar que ese animal se interpusiera en su Búsqueda.

—Quédate atrás —le dijo a su amiga mientras se ponía delante del oso. No era una de las Fieras de Malvel, pero seguía siendo el triple de grande que Tom y tenía unas garras peligrosas y unos dientes afilados que podían atravesarle los huesos.

El muchacho empuñó la espada con fuerza a medida que el oso se acercaba. Le sudaba la palma de la mano. «Los guanteletes dorados me daban gran destreza con la espada —pensó—, ¡pero ya no tengo ese poder!» Movió la cabeza intentando alejar sus preocupaciones.

El oso ahora estaba encima de él y soltó un rugido ensordecedor. Su aliento rancio sopló el pelo de Tom hacia atrás.

«¿Qué va a pasar si dependo demasiado de la magia? —Se le metían las gotas de sudor en los ojos y se le resbalaba la empuñadura de su espada—. ¿Qué pasará si no soy lo suficientemente bueno sin mis poderes?»

El oso levantó sus peligrosas garras y Tom se dio cuenta de que su inseguridad y sus dudas lo habían puesto en un grave peligro. ¡Ya no tenía tiempo de defenderse!

Notó una ráfaga de viento que le rozaba la oreja y vio una flecha que salía disparada y se clavaba en el hombro del oso. El animal rugió de dolor antes de retroceder y ponerse a cubierto detrás de los árboles.

Elena apareció al lado de Tom, con el arco listo para disparar de nuevo. Pero el oso había desaparecido.

Su amigo clavó la espada en el suelo y se apoyó en la empuñadura antes de tomar aire con fuerza.

—Ese oso te iba a comer vivo —dijo

Elena bajando el arco—. ¡Y ni siquiera te has movido!

Tom se dio la vuelta y vio que su amiga lo miraba con cara de preocupación.

—Me he quedado helado —admitió—. No estaba seguro de poder vencerlo sin mis poderes.

Elena lo miró sorprendida.

—Eso es lo más tonto que he oído nunca. Tú ya eras muy valiente mucho antes de tener poderes.

—Ojalá pudiera dejar de dudar de mí mismo —dijo su amigo mirando hacia otro lado—. Ésta es la Búsqueda más importante. ¡Y no estoy seguro de que vaya a poder terminarla!

—¡TOM! —exclamó Elena detrás del chico.

Tom se volvió sobre sus talones con la espada en alto. El grito de su amiga sólo podía significar una cosa: el oso había vuelto. Sin embargo, vio que una rama de un árbol salía volando directa hacia su cabeza. Levantó la espada y la partió por la mitad. Los dos trozos cayeron al suelo.

El chico bajó la espada y miró a Elena, que se estaba sacudiendo la tierra y la corteza de las manos.

—¿Me has tirado tú eso? —preguntó confundido.

Su amiga sonrió y asintió.

—Puede que hayas perdido algunos poderes —dijo—, pero eso no quiere decir que no sepas usar la espada.

Tom sonrió.

—Tienes razón —dijo envainando su espada—. Lo voy a conseguir.

Elena volvió hasta donde se encontraba *Tormenta* y se subió a la montura del caballo.

—No —dijo con un brillo en los ojos—. Lo vamos a conseguir, los dos.

El chico se rió mientras Elena chascaba la lengua para que *Tormenta* se volvía a poner en marcha. *Plata* los siguió animadamente y Tom corría a su lado mientras rodeaban la arboleda en dirección a los Picos de la Muerte. Tom notó una sensación de orgullo en el pecho. Elena era mucho más importante en esa Búsqueda que ninguno de los poderes que pudiera conseguir o perder. Su amistad no la cambiaría por toda la magia de Avantia.

Pero una cosa era esquivar una rama, y otra muy distinta, enfrentarse a una Fiera diabólica. Tom sabía que le esperaban muchos retos.

—Mientras corra la sangre por mis venas —murmuró para sus adentros—, ¡pienso encontrar a todas las Fieras y vencerlas!

CAPÍTULO TRES

LOS PICOS DE LA MUERTE

—Creo que hemos llegado —dijo Elena, haciendo que *Tormenta* se detuviera al llegar a un estrecho camino que subía por la cordillera montañosa.

Tom asintió mientras observaba los Picos de la Muerte, que tenían el color de las cenizas viejas. Eran tan altos que desaparecían entre las oscuras nubes del cielo.

—Es demasiado peligroso ir montados en *Tormenta* por este camino tan estrecho —observó Elena desmontando.

—Sí, mejor lo llevamos nosotros —dijo su amigo. Empezaron a subir por el sinuoso camino. Cuanto más subían, más estrecho se hacía, lo que los obligaba a ir más despacio. Las nubes oscuras estaban muy bajas y pronto empezó a llover con fuerza, obstaculizando todavía más su ascenso.

Tom frunció el ceño.

—Ahora somos presas fáciles. No tenemos ni idea de lo que puede haber a la vuelta del camino, y este sendero es tan estrecho que nos costaría mucho retroceder. *Rashouk* tiene una ventaja táctica.

Elena se apartó el pelo mojado de la cara.

—Pero no podemos hacer nada al respecto. No nos queda más remedio que seguir.

El muchacho movió la cabeza.

—Uno de nosotros podría recorrer estos caminos a gran velocidad. —Miró a *Plata*—. Podría olfatear el peligro y avisar al resto.

El lobo se adelantó como si hubiera entendido que Tom hablaba de él.

Elena le acarició el cuello.

—Vamos, muchacho —dijo.

Plata pareció entender. Salió corriendo y desapareció por una curva del camino.

Tom miró a su amiga.

—Debemos seguir avanzando, pero con mucho cuidado con *Tormenta*.

Continuaron subiendo muy despacio, siguiendo las huellas que había dejado el lobo sobre el camino mojado. *Plata* empezó a aullar nerviosamente más adelante. Tom sintió que se le aceleraba el pulso. ¡Parecía que *Plata* había encontrado el rastro de la Fiera! La cueva del gnomo debía de estar muy cerca.

—¡Espero que no tengamos que subir

mucho más! —gritó Elena por encima del ruido de la lluvia—. ¡*Tormenta* no está nada contento!

El chico miró hacia atrás y vio que el caballo tenía que avanzar cruzando los cascos para no salirse del camino. Sus flancos estaban cubiertos de sudor mientras intentaba controlar el pánico que le provocaba oír los truenos que caían encima de ellos.

—Lo único que sabemos es que *Rashouk* vive en algún lugar de esta montaña —dijo Tom—. Si *Plata* no lo encuentra, tendremos que buscar su guarida; al fin y al cabo es un gnomo, y seguro que vive en una cueva.

Elena asintió. Tenía las mejillas blancas de frío.

Giraron por el camino y llegaron hasta donde estaba *Plata* olfateando la tierra desesperadamente. Debía de haber perdido el rastro con el frío. El camino se ensanchaba al llegar a una pequeña meseta, pero no había ninguna señal de la Fiera.

—¿Qué hacemos? —preguntó la muchacha.

Tom entrecerró los ojos para mirar a través de la lluvia y la neblina que los rodeaba. No se veía más que montañas rocosas y el aire vacío. La lluvia le calaba hasta los huesos y vio que su amiga temblaba de frío.

De pronto, un poco más adelante, el chico vio algo que le hizo sonreír y sentirse aliviado.

—Allí —dijo señalando un saliente no muy lejos del camino—. Nos podemos refugiar en ese lugar hasta que amaine la tormenta.

Elena llevó con cuidado a *Tormenta* hacia donde su amigo le había indicado, y Tom y *Plata* los siguieron.

Debajo del saliente había una cabra montesa de aspecto sarnoso. Tom se agachó y le puso la mano a *Plata* en el cuello. No quería que el lobo de Elena saliera corriendo hacia la pobre cabra y la asustara.

—Debe de ser el único ser viviente de la zona —comentó Elena.

—Aparte de la Fiera —contestó muy serio su amigo.

Se metieron debajo del saliente. Sobresalía bastante por encima de la ladera de la montaña, pero no era muy ancho, por lo que todos se tuvieron que apretujar.

Tom observó a la cabra más de cerca. Tenía aspecto de estar asustada, pero no de ellos. Sus ojos estaban muy abiertos y miraba de izquierda a derecha. Parecía estar alerta por si veía algo.

¿Sería la Fiera?

—Elena, ¿crees que esta cabra ha visto a *Rashouk*? —preguntó el chico sin dejar de mirar al asustado animal.

Ella no contestó.

Tom se dio la vuelta y no vio nada más que lluvia y neblina. ¡Su amiga había desaparecido! «¿Se la habrá llevado *Rashouk*?»

De pronto se oyó un ruido muy fuerte como de rocas cayendo al suelo. Llegaba de más arriba del camino, pasada la siguiente curva.

—¡¿Elena?! —gritó Tom mientras corría hacia el ruido. Más arriba vio algo

41

que parecía una cueva que se adentraba profundamente en la montaña. Las rocas de la entrada se estaban desmoronando. Era un corrimiento de tierras.

—¡Tom, estoy en la cueva! —resonó la voz de Elena.

Entonces Tom vio que la muchacha estaba justo en la entrada de la cueva. Corrió hacia ella, esquivando la avalancha de rocas.

—Me tuve que poner a cubierto por el corrimiento de tierras —explicó Elena.

Su amigo la cogió del brazo.

—No nos podemos quedar en este lugar —dijo con urgencia—. *Rashouk* es un gnomo de las cuevas. Seguramente vive aquí. Por eso la cabra prefería quedarse fuera y empaparse a meterse aquí.

Como si respondiera a su comentario, se levantó un fuerte viento que cortaba la manta de lluvia que caía fuera y soplaba hacia ellos. El viento llevaba consigo una voz que a Tom le resultaba muy familiar e hizo que se enfureciera. Era Malvel.

El Brujo Malvado sólo dijo cuatro palabras:

—*Rashouk* está en camino.

CAPÍTULO CUATRO

¡RASHOUK!

Elena miraba con miedo a Tom mientras la voz de Malvel iba desapareciendo.

—Mira —dijo éste para tranquilizarla, señalando fuera de la cueva—. El corrimiento de tierras ya ha cesado. Será mejor que vayas a buscar a *Plata* y a *Tormenta*. La Fiera está a punto de salir y debemos estar preparados.

Elena asintió y bajó por el camino en dirección al saliente.

Tom se volvió hacia la cueva. Con el

poder de la supervista que le daba el yelmo dorado, miró en las profundidades de la caverna hasta donde llegaba la luz del exterior y todo se cubría de una oscuridad absoluta.

Las paredes irregulares estaban húmedas y surcadas por anchas cavidades y grietas llenas de musgo. El chico se preguntó si la Fiera habría hecho esas cavidades con sus puños. Miró hacia arriba y vio unos salientes en la roca que colgaban hacia el suelo como si fueran los balcones del palacio del rey Hugo.

A Tom se le aceleró el corazón. Encima de uno de aquellos salientes había un pequeño objeto plateado con un trozo de esmalte azul en un lado que brillaba bajo la débil luz.

—¡El trozo del amuleto! —exclamó.

—¿A qué esperas? —preguntó Elena desde atrás. Tom se dio la vuelta y vio a su amiga con *Plata* y *Tormenta*. Estaban a su lado, al pie de la pared—. ¡Ve a cogerlo!

Tom dudó.

—¿Qué pasa si es una trampa?

—Si es una trampa, lucharemos para salir de ella —dijo su amiga preparando su arco y sus flechas—, como siempre.

Él asintió.

—Quédate vigilando por si ves a *Rashouk* —dijo—. Avísame si vislumbras algo entre las sombras.

Se volvió hacia la pared de la cueva. Si todavía tuviera el poder de los escarpines dorados, podría llegar hasta el saliente de un salto.

Apretó los puños con determinación.

—Bueno, tendré que hacerlo a la vieja usanza —murmuró mientras comenzaba a trepar y metía los dedos entre el musgo de las grietas para subir.

—Date prisa, Tom —susurró Elena—, antes de que venga *Rashouk*.

El chico siguió ascendiendo. Las grietas y los salientes se hacían más resbaladizos y peligrosos a medida que subía más alto. «Concéntrate —se dijo a sí mismo—. Ya casi has llegado.»

Con un último impulso, Tom llegó hasta el saliente y se sintió triunfante. Lo había conseguido. Tenía el tercer trozo del amuleto al alcance de la mano y todavía no había ni rastro de *Rashouk*.

—*Plata*, tranquilo —le susurró Elena

al lobo desde abajo. Tom oía los gruñidos del lobo. Sabía lo que querían decir.

La Fiera estaba cerca.

Cogió el trozo del amuleto y notó un cosquilleo, una pulsación que pasaba por su mano. Las otras dos piezas colgaban de una tira de cuero de su cuello y parecía que también vibraban. Era como si los dos fragmentos supieran que el chico había recuperado otra de las piezas. Metió la tercera sección del amuleto en el bolsillo de su jubón.

A su alrededor, las paredes empezaron a temblar. De pronto oyó unos ruidos sordos. *Zap, zap, zap*. Unas finas nubes de polvo caían del techo.

Tom desenvainó su espada, se subió al saliente y miró hacia abajo, donde estaban sus amigos. Sabía que algo enorme y temible se acercaba y se preparó para protegerlos. Elena empezó a andar en círculos con el arco y la flecha listos para disparar, preparada para el ataque de la Fiera, que podía llegar desde cualquier dirección. *Plata* estaba a su lado y *Tormenta* pateaba nerviosamente con sus cascos en la entrada de la cueva.

Los ojos de Tom recorrieron la cueva. Los ruidos se hacían cada vez más fuertes, pero todavía no había ni rastro de *Rashouk*.

—No lo veo —susurró—. Voy a bajar.

De pronto, Elena parecía haberse quedado petrificada por el miedo. Estaba mirando, detrás de Tom, al techo de la cueva.

—¡Detrás de ti! —gritó.

Tom siguió su mirada y, por un momento, el corazón le dejó de latir. *Rashouk*, el gnomo de la cueva, estaba colgado de dos gruesas estalactitas como si fueran lianas. Sus patas, fuertes y cortas, se movían en el aire. El gnomo se desplazaba por el techo de la cueva de estalactita en estalactita como si fuera un mono. Sus ojos grises soltaron un destello malvado cuando se detuvo en el punto donde se encontraba Elena, que lo estaba apuntando con su arco. La muchacha disparó una flecha, pero al hacerlo, *Rashouk* se convirtió en fantasma y la flecha lo atravesó.

Tom empezó a bajar la pared desesperadamente, metiendo los dedos en las rendijas para no caerse y rozando con los brazos la dura roca. Oía la risa baja de la Fiera, que hacía eco por toda la cueva mientras volvía a adquirir forma sólida. Entonces el gnomo se soltó de la estalactita a la que estaba colgado y se lanzó hacia Elena.

—¡Apártate! —gritó su amigo casi soltándose.

Ella se echó a un lado justo cuando *Rashouk* cayó al suelo. El gnomo aterri-

zó con tanta fuerza que la montaña entera tembló.

—¡No! —exclamó de nuevo el muchacho mientras se le resbalaba la mano de la rendija a la que estaba sujeto. A medida que caía, intentaba desesperadamente agarrarse a algo, pero no lo consiguió.

—¡Tom! —oyó gritar a Elena—. ¡Usa la pluma!

Tom buscó en su escudo la pluma incrustada que le había dado *Arcta*, el gigante de la montaña, que lo protegía de las caídas peligrosas, pero todo estaba sucediendo demasiado rápido.

¡Cras!

Cayó al suelo. Un dolor agudo le recorrió la pierna. Sentía como si se le hubiera roto el tobillo en mil pedazos.

Se abofeteó la cara dos veces para no desmayarse. Elena corrió a su lado y se puso encima de él para protegerlo mientras disparaba flechas a la Fiera. *Plata* se quedó cerca de ella gruñendo a *Rashouk*.

Pero el gnomo de la cueva ni siquiera se molestó en volver a hacerse fantasma y se limitó a esquivar las flechas con el brazo. Sus ojos grises despedían un brillo de felicidad diabólica mientras se ponía de pie.

Tom se levantó y puso todo su peso sobre la pierna que no estaba herida. Sacó la espada. *Rashouk* rugió y se dirigió hacia él, apartando a Elena y a *Plata* de su camino con su inmenso brazo. La chica y el lobo salieron volando por los aires, chocaron contra una pared y aterrizaron una encima del otro cerca de la entrada de la cueva, donde estaba *Tormenta*. Tom soltó un grito de rabia, pero le tranquilizó ver que Elena y *Plata* seguían respirando. Estaban vivos.

Mientras el chico levantaba la espada para enfrentarse a la Fiera, *Tormenta* relinchó muy fuerte, se levantó sobre sus patas traseras y salió galopando hacia *Rashouk*. El gnomo de la cueva se dio la vuelta para recibirlo, se subió de un salto al lomo del caballo y se agarró a su garganta con las garras. *Tormenta* tenía los ojos inyectados de terror y se retorcía salvajemente para intentar deshacerse de *Rashouk*.

Tom sintió una punzada de terror al ver las colosales garras de la Fiera. Su garra derecha era inmensa y sus dedos terminaban en unas uñas amarillas y peligrosas que parecían lo suficientemente afiladas como para arrancarle la cabeza a *Tormenta* de un solo zarpazo.

Ahora, la Fiera olfateaba al asustado caballo mientras se reía salvajemente.

Tom se dirigió hacia ellos todo lo rápido que pudo. ¿Cómo iba a vencer a esa Fiera con la pierna herida? *Rashouk* levantó su garra derecha lista para cortarle el cuello a *Tormenta,* y al verlo, el muchacho dejó todos sus miedos y dudas a un lado.

Se lanzó hacia el gnomo.

CAPÍTULO CINCO

LA BATALLA CONTRA EL GNOMO

Tom se agarró a la inmensa muñeca del gnomo y, con su fuerza mágica, consiguió apartarlo de *Tormenta*. Mientras el caballo salía disparado hacia la entrada de la cueva, el chico soltó un alarido de rabia y lanzó a *Rashouk* contra la pared. Pero la Fiera giró el cuerpo y aterrizó de pie, como un gato.

Rashouk pegó un puñetazo en el suelo, haciendo que el suelo temblara y que a Tom le doliera más su tobillo herido y viera unos puntos negros delante de los ojos. El dolor le resultaba insoportable. Sabía que tenía que encontrar fuerzas de donde fuera si quería seguir peleando y completar esa Búsqueda.

—Ten cuidado con sus garras, Tom —dijo Elena, que tenía a *Plata* a su lado. Estaba en la entrada de la cueva sujetando las riendas de *Tormenta*. Su voz era débil, como si le doliera algo. El chico prometió que haría pagar a la Fiera por haberle hecho daño a su amiga.

El gnomo bajó su garra derecha. Tom retrocedió justo a tiempo y las uñas afiladas le pasaron rozando por la cara como una nebulosa amarilla.

Rashouk volvió a olfatear el aire. El muchacho vio unos pelos gruesos y espesos dentro de la nariz de la Fiera que temblaban cada vez que cogía aire. ¿Qué estaría oliendo?

La Fiera dio dos largos pasos hacia él.

Tom dio un paso hacia atrás y después a la izquierda para cambiar su ángulo de ataque. Los ojos de *Rashouk* miraron por un momento hacia adelante antes de oler el aire de nuevo y volverse para enfrentarse a Tom.

«Tiene que olerme —pensó Tom—. Su sentido del olfato es mucho más agudo que su vista.»

El gnomo soltó un gran rugido que hizo que la cueva volviera a temblar. Tom se mantuvo firme, intentando ignorar el intenso dolor que sentía en el tobillo. La Fiera avanzó hacia él. El muchacho retrocedió con la espada en alto y la mirada fija en *Rashouk*.

Le iba a demostrar que no le tenía ningún miedo. No pensaba darle esa satisfacción.

—¡Tom! —oyó que Elena lo llamaba desde atrás—. Estás casi en la entrada de la cueva. Ten cuidado por dónde pisas.

Tom no tenía miedo, más bien una sensación de emoción. Si estaba cerca de la entrada de la cueva, quizá podía llevar a *Rashouk* hasta el camino estrecho y tirarlo por el borde de la montaña. Ninguna Fiera sobreviviría a una caída así.

—Sígueme —le dijo al gnomo—. ¡Si te atreves!

El chico dio un paso hacia atrás y *Rashouk* lo siguió. Tom se mordió el labio para evitar sonreír. La Fiera iba a caer en la trampa.

—Eso es —dijo dando dos pasos más hacia atrás—. Por aquí...

La cara del gnomo se retorcía de rabia. Enseñó sus dientes amarillos y entrecerró los ojos.

Tom miró por encima del hombro a Elena, que estaba en la entrada de la cueva con *Plata* y *Tormenta*. Fuera seguía lloviendo.

—Prepárate para apartarte del camino. Voy a llevar a la Fiera hasta el borde de la montaña —le dijo.

—Estás a tan sólo cinco pasos —contestó ella—. ¡Ten cuidado!

—No te preocupes por mí —dijo él volviendo a mirar a *Rashouk*—. Si me caigo, usaré el escudo. Pero esta Fiera no va a tener tanta suer...

De pronto, apareció en el cielo el destello de un relámpago que iluminó durante un segundo la cara del gnomo. Tenía la piel blanca bajo el reflejo del rayo. La Fiera rugió, se tapó la cara con las dos manos y se tambaleó hacia atrás.

—¡No le gusta la luz! —gritó Elena—. ¡Le hace daño!

Tom se llenó de esperanza. El rayo había interrumpido su plan original, pero podía usarlo para tener ventaja. Ignorando el dolor del tobillo, el chico se abalanzó hacia *Rashouk,* que seguía retrocediendo a ciegas.

Resbaló por el suelo rocoso y se metió entre las patas de la Fiera, blandiendo su espada. *Rashouk* tenía la piel dura y gruesa y Tom tuvo que usar todas sus fuerzas para cortarla.

La Fiera lanzó un rugido de agonía mientras le salía un chorro de sangre verde y espesa por la herida de una pierna. Con un gruñido, *Rashouk* le pegó a Tom una patada con la pata lesionada y lo hizo salir volando por los aires.

—¡Una y no más! —amenazó éste sujetando el escudo. La pluma de águila que tenía incrustada hizo que aterrizara a salvo en el suelo.

El chico se preparó para enfrentarse una vez más a la Fiera, pero ésta huyó y desapareció en las oscuras profundidades de la cueva.

Tom empezó a correr detrás de ella, pero de pronto oyó un grito.

—¡Tom, socorro!

Era Elena.

Tom se volvió hacia la entrada de la cueva. Elena seguía sujetando las riendas de *Tormenta*, pero el caballo se levantaba sobre sus patas traseras y trazaba círculos salvajemente, arrastrando a Elena. En el oscuro cielo continuaban rompiendo los relámpagos seguidos de unos fuertes truenos. El horrible ruido hacía que el agotado caballo se pusiera histérico.

Cojeando, Tom se acercó todo lo rápido que pudo.

—Tranquilo —le dijo a *Tormenta* en voz baja—. Ahora estás a salvo.

Su voz pareció calmarlo. El caballo dejó de encabritarse, aunque todavía hacía círculos y movía la cabeza de un lado a otro. A Tom le dolía el corazón ver a su leal caballo tan asustado y confundido.

Lentamente acercó la mano, sujetó

con fuerza las riendas de *Tormenta* y se las ató a la cintura.

—Ya está —dijo con voz tranquilizadora—. Buen chico.

Tormenta empezó a calmarse. Ahora la cueva estaba prácticamente en silencio. Ni siquiera se oían las pisadas de *Rashouk*. La Fiera debía de estar muy lejos o había encontrado un lugar para curarse la herida y prepararse para la siguiente batalla.

Porque definitivamente habría otra batalla.

Y él estaría preparado.

De pronto, más rayos empezaron a desgarrar el cielo, seguidos inmediatamente de truenos tan ensordecedores que Tom y Elena pegaron un salto.

Tormenta salió huyendo a toda velocidad.

El chico se agarró de las riendas mientras el caballo lo arrastraba a galope tendido hacia la entrada de la cueva. ¡A Tom se le habían enganchado las riendas en la muñeca! Se pegó un golpe en la cabeza contra una piedra de la pared de la cueva y un chorro de sangre le bajó por el cuello. Su cuerpo rebotaba y se

daba golpes con el suelo de la cueva mientras el caballo lo seguía arrastrando. El muchacho intentó tirar de las riendas, pero fue inútil, *Tormenta* no respondía. Llegaron hasta el estrecho camino de la montaña en dirección al saliente. El caballo seguía sin detenerse.

Más allá del camino había un gran precipicio y los dos iban directos hacia ella.

Directos a una muerte segura.

CAPÍTULO SEIS

EL TROZO PERDIDO

Con las pocas fuerzas que le quedaban, Tom estiró el brazo que tenía libre hacia el cuello del caballo y consiguió subirse a la montura. El cielo oscuro se acercaba a toda velocidad. En cualquier momento, él y su caballo caerían al otro lado de la montaña. Al vacío.

El muchacho agarró las riendas con ambas manos y tiró de ellas con todas sus fuerzas. La cabeza de *Tormenta* se dobló hacia atrás y sus cascos delanteros se levantaron del suelo. Con un segundo tirón, hizo girar al caballo hacia la derecha y sus cascos aterrizaron a salvo en el camino rocoso de la montaña.

Tom consiguió soltarse las manos de las riendas y abrazó el cuello de *Tormenta*. Oía un sonido rítmico y no sabía si eran los latidos de su propio corazón o del de *Tormenta*.

—Buen trabajo, muchacho —susurró Tom acariciándole las crines.

Miró atrás, a la cueva, y vio que Elena iba corriendo hacia ellos seguida de *Plata*.

—¿Estás herido? —le preguntó su amiga.

—No es nada grave —dijo Tom volviendo a sentir el agudo dolor en el tobillo. Oyó unos balidos más allá en el camino. La cabra montesa que habían visto antes se acercó trotando y los miró con una expresión de curiosidad que hizo que a Tom le diera la risa.

—¿Qué hacemos ahora? —preguntó Elena mientras su amigo desmontaba.

—Tenemos que quedarnos cerca de la entrada de la cueva —contestó éste sentándose—. Ya has visto cómo ha reaccionado *Rashouk* con los rayos. No le gusta la luz, así que si nos quedamos aquí, tendremos una ventaja.

Tom se tocó el tobillo lesionado. El roce hizo que sintiera una fuerte punzada de dolor y apretó los dientes.

Elena se sentó a su lado.

—Esa Fiera es horrible, Tom —dijo—. Es lo más espantoso que hemos visto hasta ahora. Casi podía oler el miedo que tenían *Tormenta* y *Plata* cuando la han visto por primera vez.

El chico levantó la cabeza. El olor...

—¡Eso es! —dijo recordando que *Rashouk* le había olisqueado el cuello a *Tormenta* y se había reído al hacerlo—. *Rashouk* ha olido el miedo de *Tormenta*. Así localiza a sus víctimas en la oscuridad.

Elena asintió.

—Eso tiene sentido. Seguro que todos olíamos a miedo.

—Bueno, ahora que lo sabemos, podemos acercarnos lo suficiente para vencerlo. La próxima vez que nos peleemos con él no tendremos miedo.

Se quitó el cinturón de joyas que llevaba en la cintura. Había conseguido las joyas en su anterior Búsqueda de Fieras, y una de ellas en particular le iba a resultar muy útil.

—¿Está roto? —le preguntó Elena señalando su tobillo herido.

—No por mucho tiempo. —Tom sonrió mientras sacaba la joya verde del cinturón. Tenía el poder de curar los huesos rotos. Le habría gustado usarla antes, pero sabía que tardaba un poco en hacer efecto, y durante la pelea no había tenido suficiente tiempo. Puso la joya encima de su tobillo y se concentró. Unas oleadas de energía salieron de la gema y rodearon los huesos rotos, haciendo que se volvieran a fusionar. La magia estaba funcionando.

—Esta Búsqueda me resultará mucho más fácil con las dos piernas —dijo volviendo a colocarse el cinturón en la cin-

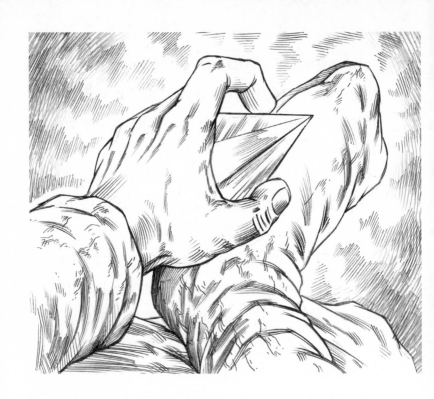

tura. Después se puso de pie y junto con su amiga guió a *Tormenta* y a *Plata* de vuelta a la entrada de la cueva.

Elena miró a Tom y le señaló la cabeza. Se había hecho un buen corte cuando *Tormenta* salió huyendo despavorido.

—Deberías curarte esa herida. Tienes que estar totalmente recuperado para volver a enfrentarte con *Rashouk*.

—Tienes razón —dijo el muchacho. Sacó de su escudo el espolón de *Epos*, el pájaro de fuego, y se lo puso en la sien. Sintió cómo se cicatrizaba el corte—. Se me había olvidado que hace un minuto casi me quedo sin sentido.

—¿Y cuándo has tenido sentido? —bromeó su amiga.

Tom se rió y los dos miraron más allá de la entrada de la cueva.

—La tormenta está amainando —dijo Elena al cabo de un rato—. Los relámpagos ya no lo van a distraer.

—Entonces tendremos que buscar otra manera de vencer a la Fiera, ¿no?

Ella le sonrió.

—¡Claro! Bueno, por lo menos hemos conseguido completar la mitad de la misión y ya tenemos el trozo del amuleto.

—Ah, sí —dijo Tom—. Casi se me olvida.

—¿Estás seguro de que estás bien de la cabeza? —bromeó Elena.

Su amigo sonrió y sintió gran emoción al meter la mano en el bolsillo para coger el trozo del amuleto. Elena tenía razón, ya habían completado la mitad de la Búsqueda.

Rebuscó en su bolsillo, pero no encontró... nada. Lo único que tocó fue su pierna por debajo de la ropa.

Notó una opresión de pánico en el pecho.

—¡No está! —exclamó.

CAPÍTULO SIETE

EL OLOR DEL MIEDO

—Se te ha debido de caer mientras luchabas con *Rashouk* —dijo Elena desesperadamente—. ¡Tenemos que encontrarlo!

—Ahora no hay tiempo para eso —contestó Tom con firmeza—. El trozo del amuleto está aquí en algún lugar, pero en este momento debemos enfrentarnos a la Fiera y estar preparados.

Elena tenía una expresión de preocupación en la cara.

—Pero no tenemos un plan.

—Vamos a analizar lo que ya sabemos —dijo su amigo dando vueltas por la cueva—. Sabemos que a *Rashouk* no le gusta la luz y prefiere la oscuridad.

—Así que tenemos que hacer que salga de las sombras hacia la luz, donde es más débil —continuó Elena.

—Sí —asintió Tom—. También sabemos que puede oler el miedo. Le encanta el olor a miedo. A lo mejor podemos usar nuestro propio olor para hacerlo salir de la cueva.

—Quizá —dijo Elena mirando a *Tormenta* y a *Plata,* que estaban muy tranquilos en la entrada de la cueva—. Pero *Tormenta* y *Plata* ahora están muy calmados y nosotros no podemos fingir miedo, ¿o sí? ¿Cómo vamos a oler a miedo?

Tom dejó de dar vueltas mientras se concentraba. «¿Cómo lo podemos hacer?»

La lluvia estaba cesando y las nubes se

iban abriendo. Los rayos del sol se aso-
maban en el cielo nublado. Ya no caían
rayos, pero por lo menos había luz y podían usarla como arma.

«Pero ¿cómo vamos a conseguir que
el gnomo de la cueva salga de su escondite?», se preguntó Tom.

No encontraba una solución. De pronto, oyó el soplido del viento que rodeaba
la montaña.

Y el balido de la cabra montesa.

«¡Eso es!», pensó Tom.

Elena sonrió.

—Conozco muy bien esa expresión. Es la mirada que pones cuando se te ha ocurrido una idea.

Su amigo sonrió.

—La cabra —dijo saliendo de la cueva—. Si conseguimos usar su olor de alguna manera para atraer a *Rashouk*, podremos hacer que salga de su escondite.

Miró el suelo. Para que su plan funcionara necesitaban algo más que el olor de la cabra; necesitaban ocultar su propio olor para que no se mezclara con el olor del miedo del animal. Oyó los pasos de Elena, que lo había seguido hasta el exterior. *Tormenta* y *Plata* también se dirigían hacia él.

—Esperad ahí —dijo Tom—. No vamos muy lejos.

Sus compañeros de cuatro patas parecieron entender. *Tormenta* se quedó quieto y calmado mientras que *Plata* se tumbaba y los observaba con atención.

—¿Qué estamos buscando? —le preguntó Elena a su amigo.

—Algo para bloquear nuestro propio olor —contestó—. El olor de la cabra tiene que ser muy fuerte para atraer a *Rashouk* y hacerlo salir de la cueva hacia la luz, donde será más débil. No podemos tapar el olor de la cabra con nuestro propio olor.

Elena arrugó la nariz y puso cara de asco.

—No sé si eso suena muy bien.

—Es la única manera —dijo el chico volviendo a observar el suelo.

Oyó que los pasos de Elena se detenían.

—¿Crees que esto valdrá? —preguntó ella.

Tom levantó la vista justo a tiempo para ver un puñado de barro que se estrellaba contra su pecho. Elena sonrió.

Él se quitó el barro de la ropa.

—Es un buen comienzo —dijo.

En seguida, Tom y Elena no sólo se embadurnaron con el barro, sino que también arrancaron unas hojas que tenían un olor fuerte y se las frotaron por todo el cuerpo.

—Espero que esto funcione —dijo el muchacho cuando terminaron. Se acercó a la cabra que había vuelto a meterse debajo del saliente, muy lentamente para no asustarla. La cabra no huyó. Se quedó mirándolo fijamente con la misma expresión de curiosidad de antes.

—No te haré daño —dijo Tom mientras se acercaba—. Te lo prometo.

Agarró a la cabra con firmeza por el flanco y la llevó hasta la boca de la cueva. El animal se resistía, girando el cuello e intentando morderlo.

A Tom le sorprendió lo fuerte que era, pero sabía que si luchaba tanto para escaparse era porque estaba asustada. Y si estaba asustada, despediría un olor que atraería al gnomo de la cueva y lo haría salir de su escondite.

—Espero que esto sea suficiente para atraer a *Rashouk* —dijo manteniendo una mano en el cuello de la cabra. El animal había dejado de resistirse, pero seguía teniendo una mirada aterrorizada.

Tom y Elena se quedaron juntos mirando hacia las sombras. *Tormenta* y *Plata* aguardaban a la salida de la cueva. El chico esperaba que el olor de miedo de la cabra se propagara por el aire e hiciera que *Rashouk* saliera de su escondite.

Oyó unas fuertes pisadas. *Tormenta* y *Plata* se asustaron al oír el ruido y retrocedieron. Tom miró a Elena, que apretaba la boca con una expresión de determinación.

El gnomo de la cueva se estaba acercando.

—Esta vez estaremos preparados —murmuró el muchacho mientras su amiga preparaba su arco y sus flechas.

Había llegado el momento de vencer a la Fiera malvada.

CAPÍTULO OCHO

UNA SORPRESA DESAGRADABLE

Las pisadas se detenían y volvían a empezar. Cada vez que se paraban, Tom oía cómo la Fiera olfateaba desesperadamente el aire.

Rashouk estaba siguiendo el rastro hasta la entrada de la cueva.

—Vamos —susurró el chico—. Ven a donde me pueda pelear contigo.

Con un rugido, el gnomo apareció entre las sombras del interior de la cueva.

Tenía la peluda piel cubierta por unas pequeñas rocas. Las afiladas uñas de su garra derecha arañaban las paredes de la cueva levantando nubes de polvo en el aire. Cada vez estaba más cerca y no parecía importarle salir al exterior, donde había luz.

Tom sintió una oleada de emoción. ¡Su plan estaba funcionando! En cualquier momento, el gnomo de la cueva aparecería y la luz lo cegaría.

—Prepárate —le dijo a Elena.

Pero a medida que *Rashouk* se acercaba a la boca de la cueva, no parecía que la luz le hiciera daño ni retrocedía. Siguió avanzando. La emoción de Tom fue reemplazada por confusión. ¿Cómo podía ser? Miró hacia arriba. Unas nubes oscuras y densas habían cubierto el cielo por encima de la cueva. Remolinos de niebla húmeda bloqueaban la luz dorada del sol.

Miró a *Rashouk*. La nariz de la Fiera temblaba mientras olisqueaba el aire. Sus ojos grises y legañosos emitían un brillo malvado mientras avanzaba, cortando el aire con sus garras afiladas como cuchillas.

Tom miró impaciente a Elena.

—Cuando diga «ahora», apártate del camino.

En ese momento la Fiera levantó sus peligrosas garras.

—¡Ahora! —dijo el muchacho.

Elena saltó a la derecha cuando la garra de *Rashouk* bajó. Tom saltó a la izquierda pero se tropezó con la cabra montesa, que se había quedado inmóvil a su lado.

El gnomo volvió a levantar la garra y fijó su mirada en la cabra, que estaba paralizada por el miedo.

—¡No! —gritó Tom. Pero era demasiado tarde. La Fiera bajó el brazo y sus uñas amarillas y crueles le hicieron un tajo a la cabra en un costado.

El animalito no emitió ni un solo sonido. Su pelaje blanco parecía estar oscureciéndose. De pronto, Tom oyó un chasquido, como cuando se congela el agua. La cabra ahora estaba completamente rígida con la mirada fija en el gnomo de la cueva. El chico no entendía nada. La cabra había sobrevivido al ataque, ¿por qué no se alejaba corriendo?

Entonces notó que el estómago le daba un vuelco al ver que la cabra se volvía completamente gris. Ahora entendía qué había sido aquel chasquido. *Rashouk* había convertido al inocente animal en piedra.

El grito de Elena hizo que el muchacho apartara la mirada de la cabra.

—¡Cuidado, Tom!

Miró hacia *Rashouk* y vio que la Fiera había vuelto a levantar el brazo. Tom consiguió salir rodando justo antes de que la garra bajara y golpeara el suelo. El impacto fue tan fuerte que abrió tres grietas en el suelo que se extendieron como un relámpago en el cielo.

Rashouk soltó un rugido de rabia. El golpe había sido tan grande que se le habían quedado las uñas clavadas en el suelo rocoso.

«Las uñas —murmuró Tom para sus adentros—. Tengo que cortárselas.»

Atacó a la Fiera con un grito de furia y la espada levantada.

El gnomo de la cueva consiguió sacar la mano, lanzando piedras grandes y afiladas en todas las direcciones. Algunas rocas rebotaron en el cuerpo de Tom mientras el chico corría hacia la Fiera, pero las ignoró. Nada conseguiría detenerlo ni impedir que venciera a *Rashouk*.

Una vez liberada su garra, el gnomo empezó a mover el brazo hacia los lados, tan bajo que Tom tuvo que tirarse al suelo para evitar que le arañara. No pensaba dejar que lo convirtiera en piedra. Pero ésa no era su única preocupación. Había sacado a la Fiera de la cueva, hasta el camino de la montaña, y uno de los dos podría caer fácilmente por el precipicio.

«Ése no seré yo», se prometió el chico.

—Llévate a *Tormenta* y a *Plata* —le dijo a Elena mientras se ponía de pie.

Tom blandió la espada para distraer al gnomo mientras Elena se metía peligrosamente por detrás de la Fiera con *Tormenta* y *Plata* para alejarlos de la cueva y subir por la pendiente rocosa hasta un lugar seguro.

El muchacho se enfrentó a *Rashouk* sin quitar ojo a sus peligrosas uñas afiladas. La Fiera movía y flexionaba los dedos mientras olía el aire. No era como las Fieras buenas de Avantia a las que Tom podía entender. El chico no sabía qué estaba pensando ésta, pero conocía sus intenciones. «Quiere convertirme en piedra ahora mismo.»

Se quedó frente al gnomo con el escudo levantado.

—Vamos, inténtalo —lo retó—. Atrévete.

Pero lo que se movió no fue el brazo
derecho de la Fiera, sino el izquierdo.
Tom se quedó sin respiración cuando
ésta le arrebató de las manos el escudo
y la espada, y los tiró al suelo con gran
estruendo.

No tenía tiempo para cogerlos. El brazo derecho de *Rashouk* bajó y Tom se
lanzó hacia la Fiera, agachándose bajo

su puño y haciéndose una bola a sus pies.

El chico saltó, rodeó la muñeca del gnomo con sus brazos y la retorció con fuerza. Inmediatamente, la Fiera intentó deshacerse de él. Levantó el brazo al que estaba agarrado Tom, le pegó un golpe contra la ladera de la montaña y lo aplastó. Una lluvia de polvo y piedras les cayó encima, haciendo que al chico le lloraran los ojos.

Pero no se soltó. El brazo de la Fiera era tan grueso como un árbol pequeño y Tom tuvo que usar todas sus fuerzas para mantener los dedos entrelazados mientras el gnomo intentaba deshacerse de él.

Rashouk lanzó un rugido de frustración y movió el brazo de izquierda a derecha y de arriba abajo. En cuanto los pies de Tom tocaban el suelo, el gnomo lo volvía a levantar tan alto que al muchacho le parecía que podía divisar toda Avantia.

El cielo oscuro y el paisaje a lo lejos se mezclaban en una nebulosa mientras *Rashouk* lo zarandeaba con fuerza. Tom soltó el brazo del gnomo y pegó un salto mortal en el aire para aterrizar en un saliente que había en la ladera de la montaña, por encima de la cabeza de la Fiera. Desde donde estaba, el chico le pegó un puñetazo a *Rashouk* en la cabeza, dejándole unas marcas poco profundas. «Puede que no tenga mi espada —pensó—, pero sigo teniendo la fuerza que me da el peto dorado.»

—¡Dale, Tom! —gritó Elena desde la pendiente, un poco más arriba de la montaña. *Plata* aullaba y *Tormenta* relinchaba para animarlo.

Rashouk se tambaleó hacia atrás por los fuertes golpes del muchacho y estiró los brazos para agarrar a su contrincan-

te y lanzarlo por el precipicio. Sus uñas amarillas se acercaron a Tom, pero éste le pegó un puñetazo a la uña del dedo gordo y ésta se desprendió por completo. Tom vio chorros de sangre verde que salían del dedo de la Fiera en todas las direcciones.

Aullaba y retrocedía de dolor mientras Tom se bajaba del saliente y aterrizaba a salvo cerca de su espada y su escudo. Había conseguido romperle una de sus peligrosas uñas, pero todavía le quedaban cuatro.

Cogió sus armas y una vez más se enfrentó a la Fiera. Iba a terminar con su misión en seguida.

—¡Esto va por mi padre! —gritó el chico corriendo hacia adelante y blandiendo su espada hacia la mano herida de *Rashouk*.

Pero el filo no cortó las uñas. Parecía haber atravesado a la Fiera.

Tom se dio cuenta de que *Rashouk* se había vuelto a convertir en fantasma. La Fiera empezó a reírse y el chico se encaró con él de nuevo. El gnomo seguía teniendo un tamaño monstruoso, pero ahora, Tom podía ver a través de él. Vio la silueta de las montañas y la estatua de lo que antes había sido una cabra montesa viva. Observó a la Fiera, que parecía triunfante.

Esta Búsqueda no estaba, ni mucho menos, terminada.

CAPÍTULO NUEVE

LUCHA CONTRA EL FANTASMA

Rashouk se puso en cuclillas y Tom sabía que la Fiera estaba preparándose para atacarlo.

Elena descendió por la cuesta.

—¡No! —gritó su amigo—. Quédate con *Plata* y *Tormenta*.

La muchacha se detuvo a mitad de camino.

—¡Pero necesitas mi ayuda!

—Si *Tormenta* vuelve a salir huyendo,

se caerá por el precipicio. No podemos dejar que pase eso.

Con un rugido salvaje, *Rashouk* bajó rodando a toda velocidad por el suelo. Tom preparó su escudo y la espada, aunque sabía que eran inútiles para luchar contra la Fiera.

¡Clonk!

Al chico le dio la sensación de que le había caído encima una pared de piedra y empezó a rodar por el camino de la montaña. La Fiera había vuelto a adquirir forma sólida en el último segundo.

Tom se levantó y empuñó con fuerza su espada. Vio que *Rashouk* una vez más era un fantasma. La Fiera parecía estar furiosa de que su rival no mostrara ningún temor. Con un rugido, el gnomo lo volvió a atacar. El muchacho se lanzó hacia él y blandió la espada hacia sus uñas.

Al atravesar a la Fiera Fantasma, sintió

una oleada de frío. Después notó que una fuerte garra lo cogía por la parte de detrás del cuello. *Rashouk*, que volvía a ser de carne y hueso, lo lanzó hacia adelante como si fuera la flecha de un arco, directo al borde del camino y al precipicio.

Tom apenas oía los gritos de Elena mientras notaba que su cuerpo empezaba a descender. Con un grito de determinación, clavó la espada en la ladera de la montaña, y el filo se enterró en la roca casi hasta la empuñadura. Se quedó ahí colgado durante unos segundos, intentando recuperar la respiración, con las piernas colgando sobre unas nubes bajas que oscurecían el suelo que había debajo.

Se sentía muy aliviado. Había sobrevivido y se permitió una sonrisa. Pero si quería vencer a la Fiera, tendría que pensar en un nuevo plan de ataque.

Soltó una mano de la espada y se dio

impulso para agarrarse al borde del camino. Tiró de la espada con fuerza para desclavarla y consiguió ponerse de pie y a salvo.

Rashouk estaba de espaldas a Tom. El gnomo avanzaba hacia Elena, que seguía en la cuesta con su arco y flechas levantados. La chica disparaba flechas pero era inútil, ya que la Fiera volvía a ser un fantasma. Tom estaba seguro de que pronto el gnomo volvería a ser sólido y no quería ni imaginarse lo que le haría a Elena y a sus otros amigos.

El chico avanzó hacia *Rashouk* todo lo sigilosamente que pudo, esperando que el sentido del oído de la Fiera fuera tan malo como su vista. El cuerpo transparente del gnomo empezó a brillar. ¡Estaba volviéndose sólido otra vez! ¡Era la oportunidad que Tom estaba esperando!

Pero *Rashouk* estaba preparado para recibirlo. Se volvió sobre sus inmensos talones, movió el brazo por el suelo y levantó a Tom por los aires.

El tiempo pareció moverse a cámara lenta mientras el cuerpo del muchacho daba vueltas. Abajo, veía que *Rashouk* estaba preparando su garra asesina para atraparlo y convertirlo en piedra.

Tom tenía que atacarlo primero.

Mientras caía, preparó su espada. Cuando *Rashouk* levantó la mano, Tom bajó con fuerza el filo de su arma y le cortó dos de sus peligrosas uñas. Ya sólo le quedaba la del dedo meñique.

La Fiera rugió agonizante. Elena le disparó tres flechas mientras su amigo aterrizaba sin dificultad en el suelo.

«Buen trabajo, Elena —pensó el chico—. Al gnomo le puede el dolor y la rabia, y no sabe a quién atacar en primer lugar. Está demasiado distraído para volver a convertirse en fantasma. ¡Casi hemos ganado!»

La Fiera se volvió hacia Elena. En ese

momento, Tom bajó la espada y el escudo, y salió corriendo en dirección a la garra del gnomo.

Con todas las fuerzas que le quedaban, le retorció el brazo a la Fiera y se lo puso en la espalda, obligándolo a arañarse a sí mismo con su uña amarilla.

Rashouk gritó cuando la uña entró en contacto con su piel gris y lo desgarró. De la herida empezó a salir sangre verde e, inmediatamente, la Fiera se quedó inmóvil y en silencio. Tom oyó un chasquido muy fuerte que hizo eco en las paredes de la montaña. El cuerpo del gnomo se endureció y su pelo adquirió un color gris oscuro.

La Fiera se estaba convirtiendo en piedra. Había sido víctima de su propia magia diabólica. La transformación empezó por la cabeza y se fue extendiendo por el cuello, el pecho, los hombros, los brazos...

«¡Los brazos!»

Tom soltó la muñeca de la Fiera justo antes de que se convirtiera en roca. *Rashouk* seguía alzándose monstruosamente sobre él, pero ya sólo era una estatua.

Habían vencido a la tercera Fiera Fantasma.

CAPÍTULO DIEZ

LA SIGUIENTE BÚSQUEDA

—¡Buen trabajo, Tom!

Elena bajó corriendo la cuesta hacia su amigo. *Tormenta* trotaba a su lado y *Plata* giraba alrededor de los tobillos de Tom, ladrando animadamente.

—¿Ves? —dijo Elena—. ¡Yo tenía razón! Aunque hayas perdido algunos de tus poderes especiales, sigues siendo la persona más valiente que conozco.

El chico recogió su espada y su escudo. Envainó la espada. Después de la pelea, le aliviaba poder guardarla durante un tiempo.

—Mis tres amigos son muy valientes —dijo—. Yo sólo sigo su ejemplo.

Plata aulló alegremente como si estuviera de acuerdo. Tom le acarició la cabeza.

—Me alegra que estés bien —dijo. Después se dirigió a *Tormenta* para acariciarlo, pero se dio cuenta de que los ojos del caballo estaban fijos en algo que había detrás del muchacho.

La estatua de la Fiera.

—Ya se ha terminado, *Tormenta* —susurró Tom—. Estamos todos a salvo.

Pero el caballo retrocedió y salió disparado antes de que Tom o Elena pudieran detenerlo.

Sus cascos resonaban en el duro suelo mientras galopaba hacia la estatua de *Rashouk* sin detenerse ni un segundo. Se detuvo derrapando y le dio una coz con rabia a la estatua del gnomo de la cueva haciendo que cayera al suelo.

Tom se rió mientras *Tormenta* regresaba a donde estaban.

—¡Eso le enseñará a *Rashouk* a no meterse con nosotros! —se rió Elena.

El chico acarició el flanco del caballo.

—¡Bien hecho! —dijo.

—¿Deberíamos dejar ahí a la Fiera? —preguntó su amiga.

Tom observó con detenimiento la cara del gnomo congelada con una expresión de rabia.

—No —contestó—. Siempre cabe la posibilidad de que Malvel la vuelva a despertar. No podemos arriesgarnos.

Elena tocó con mucho cuidado el gnomo de piedra.

—¿Qué deberíamos hacer?

El muchacho miró más allá de la estatua, hacia el cielo despejado que se extendía sobre la montaña.

—A lo mejor la Fiera debería emprender un pequeño viaje...

Con el poder que le daba el peto dorado, Tom hizo rodar a *Rashouk* por el suelo como si fuera un barril vacío. Elena lo ayudó y muy pronto habían conseguido llevar a la Fiera hasta el borde de la montaña.

—¡Empuja! —gritó Tom. Y ambos lo hicieron.

Los dos amigos gritaron de alegría al ver cómo la estatua de *Rashouk* se caía entre las espesas nubes y desaparecía de la vista. Oyeron un impacto y el crujir de la roca cuando la estatua se estrelló contra el suelo.

De pronto, Tom oyó unos balidos. Miró hacia donde estaba la estatua de la cabra montesa. Ya no era de piedra. De hecho, trotaba alegremente por el camino de la montaña.

El chico se volvió hacia Elena.

—Todo ha vuelto a la normalidad.

—No te hagas muchas ilusiones —lo avisó su amiga—. Todavía tenemos que encontrar el trozo del amuleto.

—Claro —dijo Tom—. Vamos a buscar en la cueva.

Unos alegres aullidos lo interrumpieron. Los dos se dieron la vuelta y vieron que *Plata* salía de la cueva con un objeto brillante de metal en la boca. El lobo corría emocionado hacia ellos.

—¡El trozo del amuleto! —gritó Tom.

—¡Ni siquiera he visto a *Plata* meterse en la cueva! —dijo Elena, riéndose y revolviendo el pelo del lobo mientras su amigo le quitaba el fragmento de la boca.

—Creo que *Plata* ya no necesita que le demos órdenes —dijo Tom. Puso el nuevo trozo del amuleto junto a los otros dos que llevaba colgando en el cuello de una tira de cuero. Ahora tenían la mitad del amuleto. El esmalte azul del centro era más impresionante, y las líneas y hendiduras que tenía en la parte de atrás parecían más detalladas y conectadas. Por primera vez, Tom pudo distinguir lo que eran.

—Caminos —dijo—. ¡Es un mapa!

Elena se acercó y miró las marcas. Frunció el ceño y dijo:

—No parece ningún lugar de Avantia.

—A lo mejor no es Avantia —contestó Tom—. Quizá este amuleto contiene

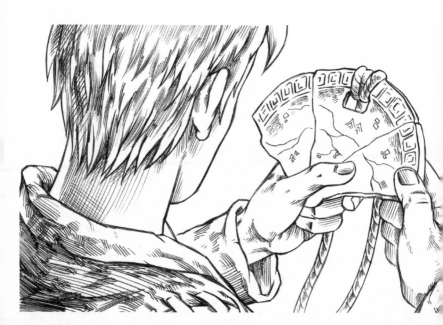

otros secretos que ni Aduro ni mi padre nos han contado.

—Otra misión cumplida.

Los dos amigos pegaron un salto al oír una voz familiar a su lado. El padre de Tom había aparecido delante de ellos con su forma fantasmal.

—Gracias —dijo Taladón con una leve reverencia. Tom sintió que el corazón le daba un salto cuando su padre le sonrió con orgullo—. Habéis hecho que recupere más fuerzas. Ya me queda menos para volver a ser real.

Tom se encogió de hombros.

—Te prometí que no te decepcionaría —dijo.

—Y estás cumpliendo tu palabra —contestó Taladón—. No podría tener un hijo más noble.

—Padre —dijo Tom mostrando el amuleto a medio completar—. Lo que hay en la parte de atrás de los trozos, ¿es un mapa?

Taladón suspiró.

—Me temo que los secretos del amuleto no son míos para revelarlos —dijo.

Tom estaba a punto de insistir, pero se mordió la lengua. En ese momento, lo más importante era devolver un gran héroe a Avantia.

—Debéis ir al Bosque Oscuro —dijo Taladón—. Ya no tienes el poder de correr muy rápido, pero aun así, debéis daros prisa. Allí os enfrentaréis a un nuevo reto. Una loba rápida y astuta llamada *Luna*.

El chico notó que se le endurecía la expresión de la cara.

—Malvel puede enviarme a quien quiera —dijo—. ¡Pienso vencer a todas sus Fieras!

—Ésas son las palabras que estaba esperando oír —dijo Taladón asintiendo para dar su aprobación—. Ahora debo irme, pero espero que sigáis siendo tan

valientes y nobles el uno con el otro.
Conseguiréis vencer.

La visión de Taladón brilló y se evaporó. El sol había salido y las nubes de lluvia se alejaban.

—¡Por supuesto que venceremos!
—dijo Elena.

Tom sonrió a su amiga mientras cogía las riendas de *Tormenta*.

—Vamos —dijo—. Estoy deseando salir de esta montaña.

Los dos amigos dirigieron lentamente a *Tormenta* por el camino sinuoso, con *Plata* corriendo por delante. Tom estaba muy cansado después de su batalla con *Rashouk*, pero exaltado porque su Búsqueda de Fieras estaba a medio completar.

Malvel seguía sembrando el mal por todo el reino, y mientras eso sucediera, Tom nunca abandonaría su lucha.

Le esperaban muchas más aventuras. Y Tom estaba preparado.

ACOMPAÑA A TOM EN SU
SIGUIENTE AVENTURA
DE *BUSCAFIERAS*

Enfréntate a las Fieras.
Vence a la Magia.

www.buscafieras.es

¡Entra en la web de *Buscafieras*!

Encontrarás información sobre cada uno de los libros, promociones, animación y las últimas novedades sobre esta colección.

Fíjate bien en los cromos coleccionables que regalamos en cada entrega. Cada uno de ellos tiene un código secreto en el reverso que te permitirá tener acceso a contenidos exclusivos dentro de la página web de *Buscafieras*.

¿Ya tienes todos los cromos?
¡Atrévete a coleccionarlos todos!

¡Consigue la camiseta exclusiva de BUSCAFIERAS!

Sólo tienes que rellenar **4 formularios** como los que encontrarás al pie de esta página de **4 títulos distintos** de la colección Buscafieras. Envíanoslo a EDITORIAL PLANETA, S. A. Área Infantil y Juvenil, Departamento de Márketing (BUSCAFIERAS), Avda. Diagonal, 662-664, 6.ª planta, 08034 Barcelona

Promoción válida para las 1.000 primeras cartas recibidas.

Nombre del niño/niña: ....

Dirección: ....

Población: .... Código postal: ....

Teléfono: .... E-mail: ....

Nombre del padre/madre/tutor: ....

☐ Autorizo a mi hijo/hija a participar en esta promoción.

☐ Autorizo a Editorial Planeta, S. A. a enviar información sobre sus libros y/o promociones.

Firma del padre/madre/tutor:

BUSCAFIERAS
Nº 21
PRUEBA DE COMPRA

RASHOUK
✦ EL GNOMO DE LA CUEVA ✦

Cinco veces más ancho que un hombre, *Rashouk* es capaz de convertir a su víctima en piedra con un simple arañazo de sus garras asesinas.

Edad	321
Poder	165
Magia	154
Miedo	81

TERCER TROZO
DEL AMULETO

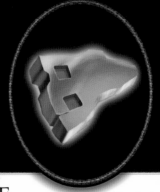

El tercer trozo del amuleto le quita a Tom el poder de correr grandes distancias que le daban los escarpines dorados y se lo devuelve a Taladón.

Edad	150
Poder	234
Magia	184
Miedo	40

GUSANOS
GIGANTES

Estas criaturas asquerosas viven entre la maleza de la Tierra Prohibida, donde se alimentan de viajeros desdichados.

Edad	20
Poder	120
Magia	110
Miedo	60

PICOS
DE LA MUERTE

Los peligrosos Picos de la Muerte son el hogar de las diabólicas Fieras Fantasma, y muy pocos sobreviven al intentar atravesarlos.

Edad	499
Poder	173
Magia	100
Miedo	80

Enfréntate a las Fieras.
Vence a la Magia.

www.buscafieras.es

DESTINO

Enfréntate a las Fieras.
Vence a la Magia.

www.buscafieras.es

DESTINO

Enfréntate a las Fieras.
Vence a la Magia.

www.buscafieras.es

DESTINO

Enfréntate a las Fieras.
Vence a la Magia.

www.buscafieras.es

DESTINO